Corinna Franke

Seelenwärme

Corinna Franke

Seelenwärme

© 2020 Corinna Franke
Herstellung und Verlag: BoD -
Books on Demand, Norderstedt
ISBN: 978-3-7534-0266-6

Seelenwärme

Es ist Herbst.
Es ist kalt.

Hannah hat sich aus einem alten Bettlaken eine
graue Haremshose genäht und passend dazu
einen Seelenwärmer* gestrickt.

*Ein Seelenwärmer ist eine Art Jacke, die den
Rücken wärmt und vorne offen ist. Er besteht
eigentlich nur aus einem Rechteck, das an den
schmalen Seiten ein Stück zugenäht wird, damit
die Arme durchpassen.

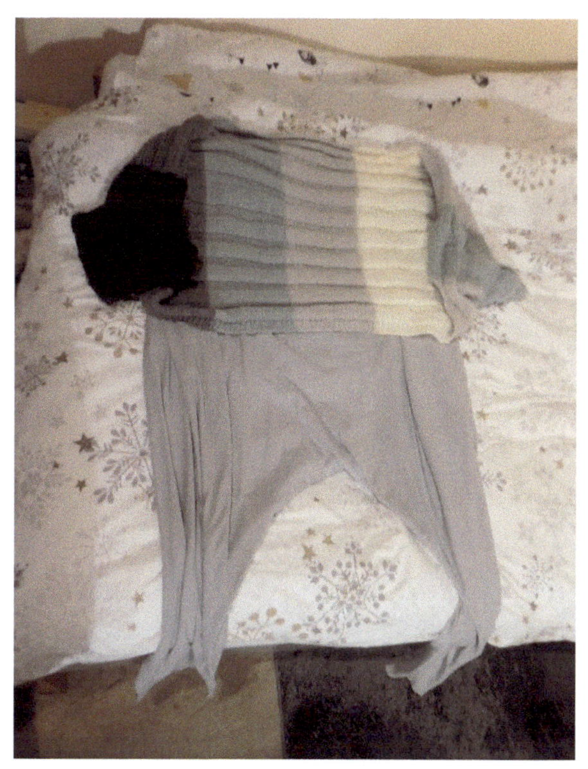

Die Haremshose und der Seelenwärmer von
Hannah.

Hannah beschließt, dass auch ihre geliebten
Stofftiere ein neues Winter-Outfit bekommen.

Hosen (oder Rock) sollen genäht werden und
Seelenwärmer gestrickt werden.

Bevor Hannah anfängt zu handarbeiten,
bestehen unter den Stofftieren folgende
Paarungen:

Pünktchen und Emil

Schnee und DER Bär

Kragenbär und der Künstler

und als Beobachter;

Benny und Conrad

Nachdem Pünktchen als Erste eine Hose und
eine Seelenwärmer bekommen hat,

verliebt sich DER Bär in Pünktchen.

Pünktchen und DER Bär

Als dann aber Kragenbär einen Rock, einen
Seelenwärmer und eine schicke Brille bekommt,

schwärmt DER Bär für Kragenbär.

Kragenbär und DER Bär

Emil bekommt auch ein neues Outfit und

kämpft um Pünktchen.

Emil und Pünktchen

Nun bekommt auch DER Bär zwei Teile aus
Hannahs neuer Kollektion.

DER Bär

Inzwischen trösten sich Schnee und der
Künstler.

Schnee und der Künstler

Das ist Markus, der Hase.

Er ist noch nicht allzu lange dabei.

Markus, der Hase

Markus ist auch scharf auf Kragenbär.

So machen die drei – Markus, DER Bär und
Kragenbär – einen „flotten Dreier".

Markus, der Kragenbär und DER Bär

Ja, hallo,

da ist ja Erich.

Auch er mit Seelenwärmer, der ihm bis über den
Popo geht; deshalb brauch er keine Hose.

Erich, das Erdmännchen

Tja, in diesen Zeiten muss man Mundschutz
tragen.

Erich mit Mundschutz

Kragenbär mit Mundschutz

Pünktchen mit Mundschutz

Vor allem bei Versammlungen muss man
Mundschutz tragen.

Pünktchen, Kragenbär und Erich mit
Mundschutz

Und Benny und Conrad?

Benny bekommt eine gelbe Hose und ist,
seit er C. getroffen hat, nicht mehr schwul.

Sein Kumpel Conrad hat eine rote Hose.

Benny und Conrad

- Ende -

<u>Anhang</u>

Wir haben einen Neuzugang: Grit, das
Igel-Mädchen – mit Apfel!

Grit mit Apfel